Un pato en Nueva York

Cuento y canciones Connie Kaldor
Ilustraciones Fil & Julie
Interpretación Inés Cánepa

Había una vez un charquito
donde había un patito.
Era un pato pequeño,
pero tenía un gran sueño.
– Hasta Nueva York yo quisiera
volar y en Broadway, mi patidanza
quiero bailar
– dijo el patito de la pradera.

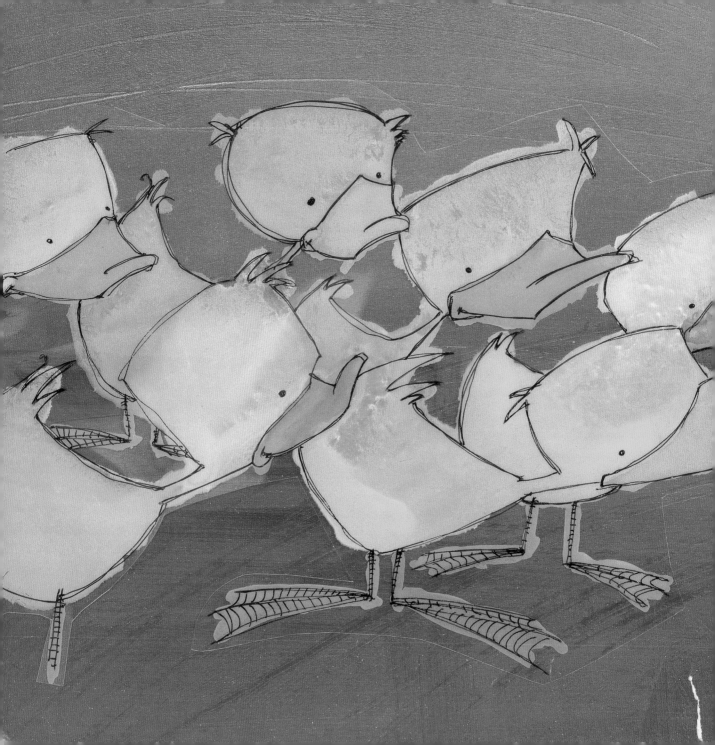

– ¡Nueva York!
– exclamaron los demás patos –.
Eres demasiado pequeño.
Eso está demasiado lejos.
No puedes llegar allí.

Pero su pequeño y valiente
corazón le susurraba:
"Sí, tú puedes".

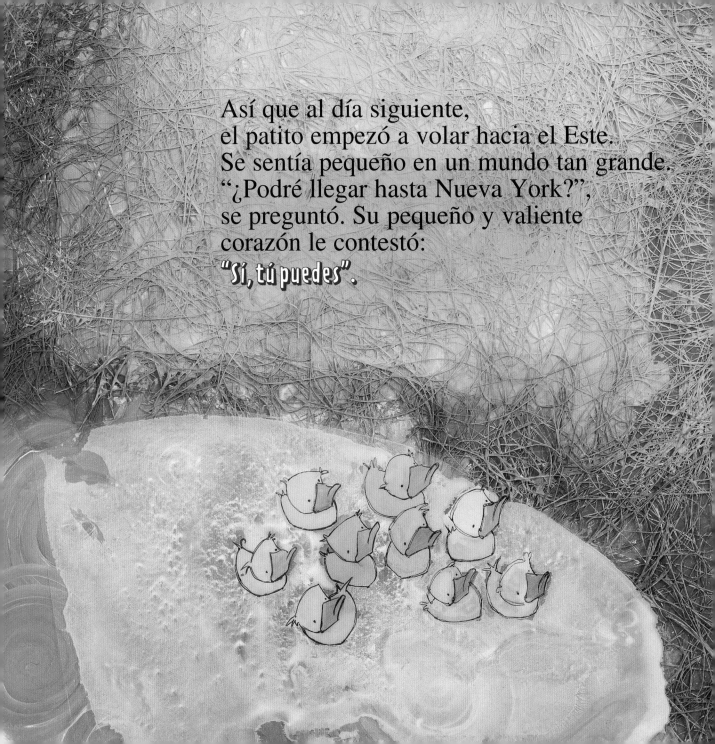

Así que al día siguiente,
el patito empezó a volar hacia el Este.
Se sentía pequeño en un mundo tan grande.
"¿Podré llegar hasta Nueva York?",
se preguntó. Su pequeño y valiente
corazón le contestó:

"Sí, tú puedes".

El patito voló y voló
hasta que se agotó.
Comenzó a bajar, bajar y bajar,
buscando un lugar suave
donde aterrizar.

¡¡¡Pracatán!!! hizo el patito
cuando aterrizó en la calle.
– ¡Ay, no! – gritó –. ¿Qué es eso...
y qué es aquello?
¡¡¡Chirrrr!!!
hizo el camión grande
cuando trató de detenerse.

Del gran camión saltó
la conductora, Gran Greta.
A Gran Greta le encantaban
los grandes camiones,
las grandes tazas de café
y los patitos pequeños.

– ¡Eh, despierta! ¿Acaso estás soñando?
– le preguntó ella.
– Sí, mi gran sueño es bailar mi patidanza en
Broadway. ¿Crees que pueda lograrlo?
Gran Greta lo colocó dulcemente sobre
el tablero de su camión y le dijo:
"Sí, tú puedes".

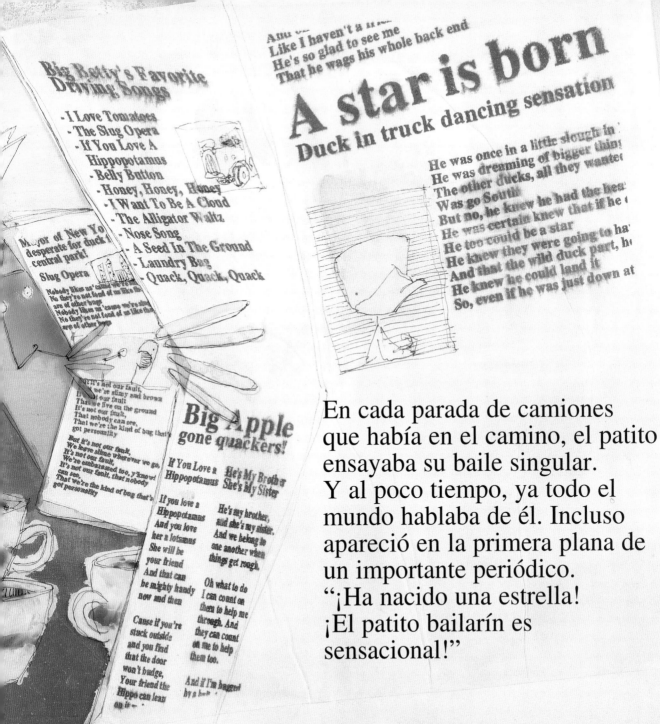

En cada parada de camiones que había en el camino, el patito ensayaba su baile singular. Y al poco tiempo, ya todo el mundo hablaba de él. Incluso apareció en la primera plana de un importante periódico. "¡Ha nacido una estrella! ¡El patito bailarín es sensacional!"

Un día, Gran Greta detuvo el camión,
miró a su amiguito y le dijo:
– Tengo que ir hacia el Sur.
Nueva York queda en esa dirección.
Suerte, patito.

Por el viento y la lluvia voló.
"Sí, tú puedes".
A los altos edificios
de Nueva York se dirigió.
"Sí, tú puedes".
Al corazón de la gran ciudad bajó,
bajó y bajó. ¡Y por fin llegó!
Mas no pudo creer lo que allí vio...

El alcalde lo estaba esperando.
– ¡Felicidades, patito!
Escuché que tienes un gran sueño.
¡Y que es algo fenomenal!
¿Qué tal si bailas para nosotros
en Broadway?

Mientras las luces de las cámaras destellaban
y la gente lo aplaudía y aclamaba,
el patito cantaba:
"¡Sí, yo puedo!".

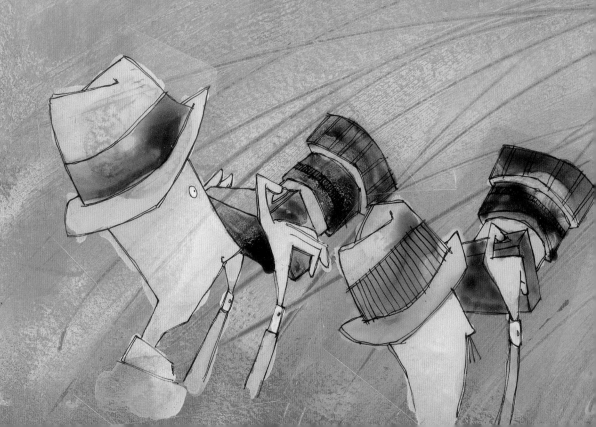

Un pato en Nueva York

Había una vez un pato en Nueva York ☼ un lugar con demasiadas emociones. ☼ En vez de estanques con lirios chiquitos ☼ hay edificios, muchas calles y camiones. ☼ Pero si eres un patito en Nueva York, ☼ con lo que hay, te las arreglarás. ☼ No irás paseando por lo oscuro, ☼ tomar un taxi es más seguro, ☼ y en una fuente, si hace calor, te mojarás. ❂ Su pequeño piso no tenía bañera, ☼ así que él salía a bañarse afuera. ☼ Fingía estar nadando en la avenida ☼ aunque esto le causaba alguna herida. ☼ Disfrutó siempre a los Knicks en el estadio, ☼ y ningún show de la calle se perdió. ☼ Él decía: "En Nueva York me siento en casa ☼ pues la gente está perdida como yo". ❂ Corre la voz. Hoy yo me voy. Quiero ser parte de… ¡Nueva York! ❂ Pero si eres un patito en Nueva York… ☼ Oh, sí, cua, cua, ¡Nueva York!

Si te gusta el hipopótamo

Si te gusta el hipopótamo. ☼ Si te parece fantástico, ☼ tu amigo será (será) ☼ y esto ahora y después te ayudará. ❀ Si te quedas fuera de casa ☼ y a tu puerta no sabes qué le pasa, ☼ tu amigo podría tomar acción ☼ y darle un empujón. ¡Uuuh! ❀ Si quieres comerte una fresa, ☼ y está muy alta sobre la mesa, ☼ sobre el hipopótamo te subirás ☼ y una agarrarás… (Pero comparte, ¿no?) ❀ Si te vas a acostar, ☼ pero los ojos no puedes cerrar, ☼ tu amigo, el hipopótamo, a tu cuarto va a entrar ❀ y una canción te va a cantar… hasta que empieces a roncar. ☼ Saldrá suavemente, hipopotámicamente, y la puerta cerrará. ☼ ¡PUM!

¡Vamos a lavar!

Medias sueltas y moradas ☼ rojas y anaranjadas, ☼ vamos a lavar. ☼ Con elásticos estrechos, ☼ del pie izquierdo y del derecho, ☼ vamos a lavar. ☀ Y si te puedes acercar, ☼ las escucharás hablar: ☼ "Échame agua. ☼ Échame jabón. ☼ Quítame lo sucio de un tirón". ☀ Camisas blancas y rosadas ☼ y recién estrenadas, ☼ vamos a lavar. ☼ Camisas lisas y estampadas, ☼ rasgadas y estropeadas, ☼ vamos a lavar. ☀ Pantalones de dormir, ☼ de vestir y de salir, ☼ vamos a lavar. ☼ Vaqueros bien viejitos, ☼ otros nuevos y bonitos, ☼ vamos a lavar. ☀ Toallitas y frazadas ☼ y hasta gorras alocadas, ☼ vamos a lavar. ☼ Un tutú para bailar ☼ y hasta tenis de saltar, ☼ vamos a lavar. ☀ Lo que usé más de una vez, ☼ durante todo el mes… ☼ vamos a lavar.

Mi ombliguito

Mi ombliguito, mi ombliguito, ay, mi ombliguito ☼ Ay, mi ombliguito, te quiero. ☼ Mi ombliguito, mi ombliguito, ay, mi ombliguito ☼ Ay, mi ombliguito, te quiero. ☀ Qué solo y triste yo me podría sentir ☼ si al subirme la camisa, yo no lo veo ahí. ☀ Tú eres mi gran amigo, el que cuida de mí. ☼ Si yo te necesito, tú siempre estás ahí. ☀ Si nada sale bien y tengo mala suerte, ☼ solo alzo mi camisa y a ti yo puedo verte. ☀ Solo hay algo más que quiero señalar: ☼ El Día del Ombligo debemos celebrar. ☀ El día de…

El vals del caimán

Es el vals del caimán. ☼ La, la, la, la, jummm. ☼ Es el vals del caimán. ☼ La, la, la, la, jummm. ✺ Llegan de dos en dos ☼ y prometen no pelearse. ☼ Giran, giran, giran, sí, ☼ tratando de no morderse. ☼ Cola, cola, nariz, nariz, ☼ Bailan juntos siempre así. ✺ Al vaivén de la noche, ☼ ellos se van balanceando. ☼ Y a la luz de la luna, los verás bailar un tango. ☼ Suavemente y siempre así, ☼ susurran cosas y dicen "sí". ✺ Es el vals del caimán, ☼ un baile importante, ☼ moños, lazos y tacón, ☼ y trajes elegantes. ☼ Son expertos bailadores. ☼ Ellos sí son los mejores. ✺ Para el vals del caimán, ☼ tienes que ser invitado. ☼ Y a ninguno hallarás ☼ que no vaya acompañado. ☼ Y si oyes la rumba tocar ☼ sabrás que todos van a bailar. ✺ Es el vals del caimán. ☼ La, la, la, la, jummm. ☼ Es el vals del caimán ☼ lo que escuchas tarareando en la noche. ☼ Es el vals del caimán. ☼ A que no sabías que los caimanes tararean. ☼ ¡A que no!

De la semilla

Si tienes lluvia y sol, ya tú podrás salir ☼ a sembrar la semillita en cualquier jardín. ☼ Y querrás, pedirás que se quede allí. ☼ Verás quizás, ay, verás quizás ✺ La raíz de la semilla que en la tierra está. ✺ Un retoño de la raíz de la semilla que en la tierra está. ✺ Un tallo del retoño de la raíz de la semilla que en la tierra está. ✺ Una flor del tallo del retoño de la raíz de la semilla que en la tierra está. ✺ Otra semilla de la flor del tallo del retoño de la raíz de la semilla que en la tierra está.

La ópera de las babosas

Nadie nos quiere por ser babosas ☼ y ser las criaturas más pegajosas. ☼ Nadie nos quiere por ser babosas ☼ y ser las criaturas más pegajosas. ☀ Pero no es nuestra culpa ☼ ser viscosas y marrón. ☼ No es nuestra culpa ☼ atascarnos sin razón. ☼ No es nuestra culpa ☼ que nadie quiera jugar ☼ con un tipo de animal tan singular. ☀ Pero no es nuestra culpa ☼ dejar baba aquí y allá. ☼ No es nuestra culpa. ☼ ¡Ay, qué pena nos da! ☼ No es nuestra culpa. ☼ Mas nadie aprecia de verdad ☼ que somos un animal con gran personalidad. ☀ Pero si brilla la luna ☼ y la noche es ideal, ☼ nos crecen patitas ☼ y bailamos sin parar. ☀ Una babosa canta ☼ una babosa canción ☼ y tenemos una banda ☼ que toca con pasión. ☀ Nuestra piel se torna azul, ☼ ya la baba no ves. ☼ También resplandecemos ☼ ¡de vez en vez…! ☀ Pero desaparecemos al amanecer, ☼ y viscosas y marrón volvemos a ser. ☀ Nadie nos quiere por ser babosas ☼ y ser las criaturas más pegajosas. ☼ Nadie nos quiere por ser babosas ☼ y ser las criaturas más pegajosas.

Miel, miel, miel

Había una vez un oso ☀ que un gran árbol trepó ☀ porque a él siempre le gustó la ☀ ¡imiel!
☀ mi mi mi mi mi mi mi mi miel ❁ Una rama subió ☀ sigiloso avanzó ☀ y tostadas preparó
para la ☀ ¡imiel! ☀ mi mi mi mi mi mi mi mi miel ❁ De pronto un hueco vio ☀ y una abeja
encontró ☀ que pasó todo el verano haciendo ☀ ¡miel! ☀ mi mi mi mi mi mi mi mi miel ❁
El oso comentó: ☀ —Las tostadas ya hice yo ☀ y me gustaría tomar toda tu ☀ ¡miel! ☀ miel,
miel, miel, miel, miel ❁ La abeja respondió: ☀ —Yo comparto, cómo no ☀ mas no puedo
darte yo toda mi ☀ ¡miel! ☀ mi mi mi mi mi mi mi mi miel ❁ El oso agregó: ☀ —¡Mira qué
grande soy! ☀ La alcanzaré y tomaré toda tu ☀ ¡miel! ☀ mi mi mi mi mi mi mi mi miel ❁
La abeja su hocico picó ☀ y el oso enseguida bajó ☀ Al pie del árbol llegó sin su ☀ ¡miel!
☀ mi mi mi mi mi mi mi mi miel ❁ Y desde ese día, ☀ las ardillas decían: ☀ —El oso untará
sus tostadas con ☀ mermelada ☀ ¡mermelada, mermelada, mermelada!

Quiero tomates

Quiero tomates. ☀ Quiero tomates. ☀ No quiero zanahorias ni aguacates. ☀ Quiero tomates. ❀ Tomate en mi bolsillo. ☀ Tomate es mi color. ☀ Yo cargo con tomates dondequiera que voy. ☀ Tomate en mi ventana. ☀ Tomate en una mesa. ☀ Yo duermo cada día con un tomate en mi cabeza. ❀ Galletas de tomate, ☀ tomate en un pastel, ☀ quiero tomate en mi ensalada, ☀ tomate en un coctel. ☀ Quiero tomates con tostadas, ☀ tomate con mi té. ☀ Quiero una pasta de tomate y tomate en fricasé. ❀ Me gustan tanto que desentono a propósito y canto bien alto… La, la, la, la, la. ☀ Y no sigo la música… La, la, la, la. ☀ Y la audiencia me abuchea y entonces me tiran tomates. ❀ T-O-M-A-T-E ☀ en mi huerto solo habrá. ☀ Si es verde o rojo, lo mismo da. ☀ T-O-M-A-T-E

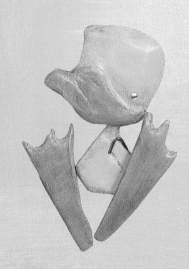

La canción de la nariz

Tengo dos pies. ☀ ¡Y qué bonito es! ☀ Pero tengo solo una nariz. ☀ Dos manos tengo, ☀ pero aún no entiendo ☀ por qué tengo solo una nariz. ✹ A veces quiero tener dos. ☀ Mi nariz me da placer. ☀ No me gusta si estornuda, ☀ pero sí que pueda oler. ✹ Hay diez dedos en mis pies, ☀ pero aprende de una vez ☀ que yo tengo solo una nariz. ☀ Dos rodillas tengo yo. ☀ Me arrodillo, cómo no. ☀ Pero tengo solo una nariz. ✹ Tengo dos oídos, ☀ así escucho los sonidos, ☀ pero tengo solo una nariz. ☀ Con dos ojos puedo ver, ☀ no te vas a sorprender. ☀ Pero tengo solo una nariz. ✹ Tengo dos pies. ☀ ¡Y qué bonito es! ☀ Pero tengo solo una nariz.

Cua, cua, cua

Cua, cua, cua, canta el patito amarillo. ☀ Cua, cua, cua, canta el pato su canción. ☀ Cua, cua, cua, canta el patito amarillo. ☀ Cua, cua, cua, canta el pato su canción. ☀ Todo el día quiere cantar ☀ y cantar, cantar lo mismo. ☀ Cua, cua, cua, canta el patito amarillo. ☀ Cua, cua, cua, canta el pato su canción. ☀ Bum, bum, hacia el corral va. ☀ Hacia el corral va, bum. ☀ Bee, bee, bee, canta la ovejita blanca. ☀ Bee, bee, bee, canta ella su canción. ☀ Oinc, oinc, oinc, canta el cerdito rosado. ☀ Oinc, oinc, oinc, canta el cerdo su canción. ☀ Guau, guau, guau, canta el perrito negro. ☀ Guau, guau, guau, canta el perro su canción. ☀ Miau, miau, miau, canta el gatito suave. ☀ Miau, miau, miau, canta el gato su canción.

Una nube quiero ser

Cuando crezca yo una nube quiero ser ☼ y flotando todo el cielo recorrer. ☼ A alguien igual que yo quisiera conocer, ☼ que mire siempre el cielo a ver qué puede ver. ☼ Voy a inflarme de mil formas bien interesantes: ☼ un triciclo, una hamburguesa, o un anillo de diamantes, ☼ un cohete, una ballena, un pingüino o un sombrero extravagante. ☼ Que al verme todos digan: ☼ —¡Mira! ¡Qué emocionante! ☀ Y es que cuando crezca una nube quiero ser ☼ y flotando todo el cielo recorrer. ☼ Llovería sobre las flores para verlas crecer. ☼ Mas solo lluvia, nunca nieve ☼ yo dejaré caer. ☼ Podría lanzar un trueno; ☼ bajito debe ser. ☼ ¡Qué bueno si una nube pudiera ser!

Cuento, letra y música Connie Kaldor ☼ Interpretación Inés Cánepa ☼ Productor de música Paul Campagne ☼ Director artístico Roland Stringer ☼ Ilustraciones Fil et Julie ☼ Diseño gráfico Haus Design Communications ☼ Traducción al español Yanitzia Canetti ☼ Músicos Connie Kaldor piano, jarra, teclado Rhodes ☼ Paul Campagne guitarras acústica y eléctrica, bajo, ukelele, efectos de sonidos, silbato, percusión, timbal ☼ Davy Gallant batería, bajo, percusión, mandolina, arpa judía, bongoes, dumbek, flauta, banyo, armónica ☼ Bob Cohen guitarra eléctrica ☼ Luigi Alamano trombón, trompeta, bombardino ☼ Jonathan Moorman violín ☼ Aleksi Campagne ukelele ☼ Voces Lucía Varela Tinetto, Felipe Varela Tinetto y Sara Cánepa Chalifoux. ☼ Grabado por Paul Campagne y Davy Gallant en Studio King y Dogger Pond Studio ☼ Mezcla musical por Davy Gallant en Dogger Pond Studio

www.thesecretmountain.com ©℗ 2011 Folle Avoine Productions

ISBN 10: 2-923163-76-1. ISBN 13: 978-2-923163-76-5 ✿ Impreso en Hong Kong por Art Book Inc.